PLACE ONLY WIN BET collect snow globes WIN A PRIZE SIT IN SEEING THE NORTHERN LIGHTS CANDY
CH ANYTHING COSTUME ROOM SERVICE
SPICY FOOD VISIT GHOST TOWNS GO FOR A HIKE PLAY IN LEAVES
RIDE A MOTORCYCLE SIT ON A HILL listen to birds PARIS SLOWING DOWN
RUN WITH THE BULLS Count leaves WALK IN RAIN PLAYING
MBLE GET LOST GET A MANICURE UPDATE MY STATUS READING A BOOK
Chase birds TRY SPIN Camping TRAVELING SKY DIVING
A TRAINER visit museums SURF LESSON WRITING
GOOD RUN DANCE SWIM WITH SHARKS FINDING THE SIGHT SEEING PARASAILING
ACH TAKE A BATH SLEEP take pictures BALANCE WATCHING MOVIES Playing WALKS
FLOWERS (EVEN DEAD ONES) UPGRADE WARDROBE JOIN A GYM GETTING A HOBBY Going on a date in rain + TALKS
OK jump in puddle MAKE SEE THE COUNTRY take a class RELAX SWIMMING CLIMBING MTS.
M SAND CASTLE make art ROAD TRIPS
ACK LINE SHOUT OUT LOUD GET OUT MORE REFLECT ON THINGS MEET THE NEIGHBORS THEATER fishing
Y SOUVENIRS SEE A RODEO sit real still WRITE A POEM Go shopping HAVE A PARTY
ERCISE walk in creek WATCH THE SUN RISE UPGRADE MY PHONE take my time HAVE AN
MAKE A SNOWMAN PLAY IN THE SNOW LET THINGS GO AFFAIR
AMING GO TO A FAIR SEE Visit open houses swim with dolphins Do some GO TO BRUNCHES SMILE
SNOW ANGELS PARTY EUROPE RENT A BOAT CELEBRATE SEE WHAT HAPPY HOUR IS ALL ABOUT YARD WORK COCOA
AKE FRIENDS LEARN TO DJ
ENEROUS DOCUMENT MY TRAVELS Buy a suit CHECK OUT COACHELLA Ride the subway
BE GET VISIT THE AMISH
T RIDE A ROLLER COASTER SPEAK TO TRAVEL AGENT Watch the sunset WALK IN MEADOW
TS HELP OTHERS stare at stuff as long as I want HOME IMPROVEMENTS BUY NEW TOWELS CARVE PUMPKINS
N B MAKE A DATING PROFILE SKIING Read the paper MASSAGE
AD modern love TRY SMOKING (NOT GONNA KILL ME :)
BAKING BUNGEE JUMP BUY SOME ART JOIN A BOWLING LEAGUE FIND SOMEONE SPECIAL
LING Plan for the future Roller derby CERAMICS CLASS ENJOY A SENIORS CRUISE (FOR FUN THIS TIME
PGRADE MY SEAT SNACKS CATCH UP ON THE NEWS TEND TO THE PLANTS MOVIES
GET RVEE

Brian Rea

DEATH WINS A GOLDFISH

死神捞到一条金鱼

〔美〕布莱恩·雷 著 孙 灿 译

REFLECTIONS FROM A GRIM REAPER'S YEARLONG SABBATICAL

——生命收割者休假一年的感悟

上海译文出版社

致米可

感谢布丽奇特·沃森·佩恩、娜塔莉·巴特菲尔德、艾莉森·韦纳及纪事书出版团队的其他同仁。感谢莱昂纳多·桑塔玛利亚一直以来的帮助，以及保罗·罗杰斯、尼古拉斯·布莱克曼和保罗·塞尔的灵感与友谊。谢谢帕布洛·德尔坎愿意与我合作。也感谢父母启发我创作了这本书。谢谢卢西恩·布朗带来的欢笑与编辑上的支持。感谢罗恩·米纳德教会了我如何生活。谢谢尼尔森家族与我们分享他们的小岛。也要谢谢迈克·雷、保罗·雷这两位好兄弟。感谢埃里克·胡佛和贝蒂·梅·弗莱厄蒂对我的信心。感谢奇克叔叔给小时候的我讲了那么多精彩的故事。还要感谢克里斯蒂娜·尼尔森——谢谢你的爱。

DEATH WINS A GOLDFISH:
REFLECTIONS FROM A GRIM REAPER'S YEARLONG SABBATICAL
Copyright © 2019 by Brian Rea.
All rights reserved.
First published in English by Chronicle Books LLC, San Francisco, California
Simplified Chinese edition copyright:
2023 Shanghai Translation Publishing House (STPH)
All rights reserved.

图字：09-2020-1123 号

图书在版编目（CIP）数据

死神捞到一条金鱼／（美）布莱恩·雷 (Brian Rea) 著；孙灿
译．—上海：上海译文出版社，2023.4
　　书名原文：Death Wins a Goldfish
　　ISBN 978-7-5327-9141-5

　　Ⅰ.①死… Ⅱ.①布… ②孙… Ⅲ.①人生哲学－通俗读物
Ⅳ.① B821-49

中国国家版本馆 CIP 数据核字 (2023) 第 042397 号

死神捞到一条金鱼
〔美〕布莱恩·雷 著　孙灿 译
责任编辑／宋玲　　装帧设计／张志全工作室

上海译文出版社有限公司出版、发行
网址：www.yiwen.com.cn
201101　上海市闵行区号景路 159 弄 B 座
上海雅昌艺术印刷有限公司印刷

开本 850×1280　1/32　印张 5.75　插页 4　字数 7,000
2023 年 4 月第 1 版　2023 年 4 月第 1 次印刷
印数：0,001—6,300 册

ISBN 978-7-5327-9141-5 / Ⅰ·5683
定价：88.00 元

引 言

　　找到生活与工作之间的平衡——这句话我时有耳闻。但它究竟是什么意思呢？是说要少工作吗？还是多度假呢？而且，如果到头来我们回首往昔时会心生遗憾，觉得浪费了那些本该用来享受的时间，那我们为什么还要这么努力地工作呢？对此，我想了很多，而且惭愧的是，我自己也有这种遗憾。

　　我以绘画为生。这是一项充满激情的事业——是我对自己天分的追随，因为这是我最喜欢做的事情，胜过其他一切职业选择。身为艺术家有很多好处，我对此心存感激，但要说有什么缺点，那也许就是我永远无法"关停"。我很少有停止工作或不思考工作的时候，脑子里总是在想着某个项目、眼下在做的某件事情或是未来可能出现的新项目。[①]"办公中"的灯，永远亮着。有时，工作会影响到家庭时间、旅行计划、人际交往，乃至我自己的健康。[②]但奇怪的是，当我想放下工作稍事休息的时候，却会对我"不在工作"的这个事实感到焦虑。[③]我哥哥则恰恰相反。他不喜欢工作，只喜欢跟妻子和两个孩子待在一起。真羡慕他。他还有一处分时度假屋，在奥兰多。

在成为专职艺术家之前，我在《纽约时报》担任美术总监，负责报纸的一个每日专栏。我的任务包括委托艺术家进行创作、设计版面、监督数字项目，并确保所有的事情在每晚 6 点左右顺利完成。我总是处于紧张状态，坐在贴着我名字的小格子间里。上面有各位老板要伺候，还得穿着西装上班。我在那里工作了大约 5 年，学到了很多，对于能有这样的机会也无比感激。但说实话，那份工作太疯狂了。[④] 直到现在，我还会焦虑地梦见自己在那里上班的日子。

就职于《纽约时报》的最后一年，我开始在速写本里列清单，把让我焦虑的事情都写下来——包括截止日期、脚手架坍塌、外星人绑架等等。这样过了几个月之后，我意识到，自己有些问题需要解决。于是，我开始考虑换工作。

2008 年 6 月 5 日，星期四，以攀爬全球众多高楼而闻名的法国攀登者阿兰·罗伯特徒手爬上了《纽约时报》大楼：不系绳索，爬上了 52 层。我记得自己被挤得贴在了玻璃窗上，看着罗伯特先生向上爬去——为了看得清楚一点，所有员工都你推我搡、上蹿下跳，就好像有只独角兽飞进了我们办公室。这

---

① 本书就是这样一个项目。
② 如果你是自由职业者，或者认识某个自由职业者，那么你一定见过这种人神情恍惚盯着什么地方看的样子，仿佛完全不在现场。我太太把这种时刻称为"魂儿飞到岛上去了"。
③ 每年夏天回我太太瑞典娘家的时候，我都觉得那个国家像是整整关停了三个月。瑞典人已经完全参透了工作与生活平衡的玄机。
④ 我平生第一份工作也很疯狂：在松山路边上的斯皮罗鸡蛋农场。当时我 12 岁，负责把鸡蛋放进纸箱。这和我在《纽约时报》的任务相差无几——新闻就像鸡蛋一样，源源不断地沿着传送带运过来，永不止歇。而我的工作，就是尽可能整齐地把它放进正确的洞里。

太不寻常了。在世界上最为繁忙、逼仄、令人窒息的地方之一，罗伯特先生却能让自己的生活和工作如此放飞自我、无拘无束。但当我冲进自己编辑的办公室，问他："你听说了吗？有个人正沿着咱们大楼外面往上爬？！"他却只回答道："嗯。法国人。"正是这个神奇的回答，让我下定了决心。

2001年，我父亲退休。之后不久，我便飞回马萨诸塞州，看望他和其他家人。每次回去，父亲总会去机场接我。从波士顿洛根机场开回切姆斯福德我父母家，大约需要45分钟。在这段时间里，我们通常会谈论如下话题：工作、亲友、保健、车子（一般就是说说里程表上有多少英里）、我现住地所在州的税收、我曾住地街坊的八卦、至少一个少儿不宜的笑话、我爸妈的宠物、政治和钓鱼。而这次回去有一个话题似乎很重要，那就是问问他退休后的新生活怎么样。大家应该都知道，我爸是很棒的父亲，对我们非常支持，但他也是一个工作狂——通常5点起床，6点上班，往往天黑了才会回家。在我成长的过程中，工作态度可是件大事。我母亲是一名簿记员，在居家工作的同时，养大了三个疯子一样的儿子（以及每个邻居家的孩子）。诸如"让你自己成为不可或缺的人物""应得尽得，不要手软""要想人前淡定，就得人后流汗""想做的事情，第一次就得做好"之类的话，始终在我们耳边盘旋。但现在，老爸完全成了另外一个人，我也突然对他另眼相看了。在我看来，他更有智慧了，或许也更有眼光。所以我跳出往常的那种说笑，问他："嘿，老爸，要是能从头再来，你会给30岁的自己什么样的忠告？"父亲毫不犹豫地对我说了三个字："少工作。"

本书谨献给那些尚未听过这条忠告的人。[①]

父亲的这句话，在我脑中挥之不去。我开始思考，有谁比其他所有人工作都要卖力。毕竟，我们都听过"过劳死"的疯狂故事。而随着年龄的增长，我翻过了想象中的生命之巅，对"人生有涯"的感触也更深了：我剩下的日子，已经比我探索过的日子要少了。[②] 很伤感，但这就是事实。世界死亡率显示，每秒钟大约有两个人死去——想想看，这是多么令人抓狂的数字。根据这种统计，我们大概可以说，工作最卖力的是死神！他从来都不休息。

但想象一下，如果人力资源部通知死神，他必须把自己的假期用掉——相当于要休息一整年的时间，那么，死神会用这么多空闲时间干吗呢？他会去哪儿？他的生活会是什么样子？他会写日记吗？（会。）他会开口说话吗？（不会。）

在这本书里，死神从不"工作"（即杀人）。毕竟他在休假，要尽可能不去工作。当然，还有其他员工在死神公司里忙活，所以人们还是会死，只不过，不是死在我们这位朋友手里。他忙着体验生活还来不及呢。

---

① 要告诉大家的是，两年之后，我父亲又回去上班了——他和我母亲坚称是因为他们需要钱。但我猜，是因为他每天遛我母亲的约克夏狈遛烦了。
② 我现在会对身上出现的不明疼痛感到焦虑。

重要提示：死神不是我们中的一员。

他不是从我们的世界来的，因此活人每天做的大部分事情（外出就餐、约会、社交媒体、美甲等）对他来说，可能不太熟悉。死神关注的事情永远只有一件：死亡。所以，他可能是活人世界里的小白一只。但他还是竭力想要融入，并且多数情况下，也很喜欢和我们在一起。但最终，他还是要面对和我们活人一样的困境，并学着接受现实，尤其是：当我们休假的时候，还是会对我们不在工作的事实感到焦虑。

这才是要人命的部分。

又一条重要提示：本书不是关于要人命的。

的确，本书的主角是死神。但《死神捞到一条金鱼》也可以是关于一根工作狂香蕉的书，传递的思想或许也一样。不过，从数据看来，死神干活可比香蕉要卖力得多，况且他也刚好可以提醒我们：人的一生，是有终点线的。

最后一条重要提示：本书是关于好好生活的。

我上大学时有一位导师，名叫罗恩·米纳德，以前在宾夕法尼亚州哈里斯堡的《爱国者新闻报》做编辑。他给我的建议是："要学会何时划船，何时歇桨。"他还告诉我："无论如何，绝对不要去报社上班。"尽管我辜负了他，去报社上班了，但我希望，借着写这本书的机会，我能学会不时歇一歇桨。希望读这本书的你们，也是一样。

JANUARY 一月

发信人：人力资源部

主　　题：休假

我们注意到，你有大量未休假期。记录显示，你从未请过病假、轮休假或事假。感谢你对公司长期以来的奉献，但请你务必从 <u>周五</u> 开始休假。

祝休假期间一切顺利，假期结束后再见。

人力资源部诚祝

休假一年……

可我连一天的假都没有休过啊！我该去哪儿？

又该干点儿什么呢？以前每次旅行都只是出差而已。

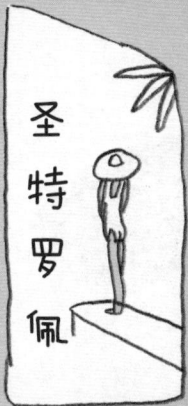

美好的送别——同事们好像比我还兴奋（一定是因为香槟）。

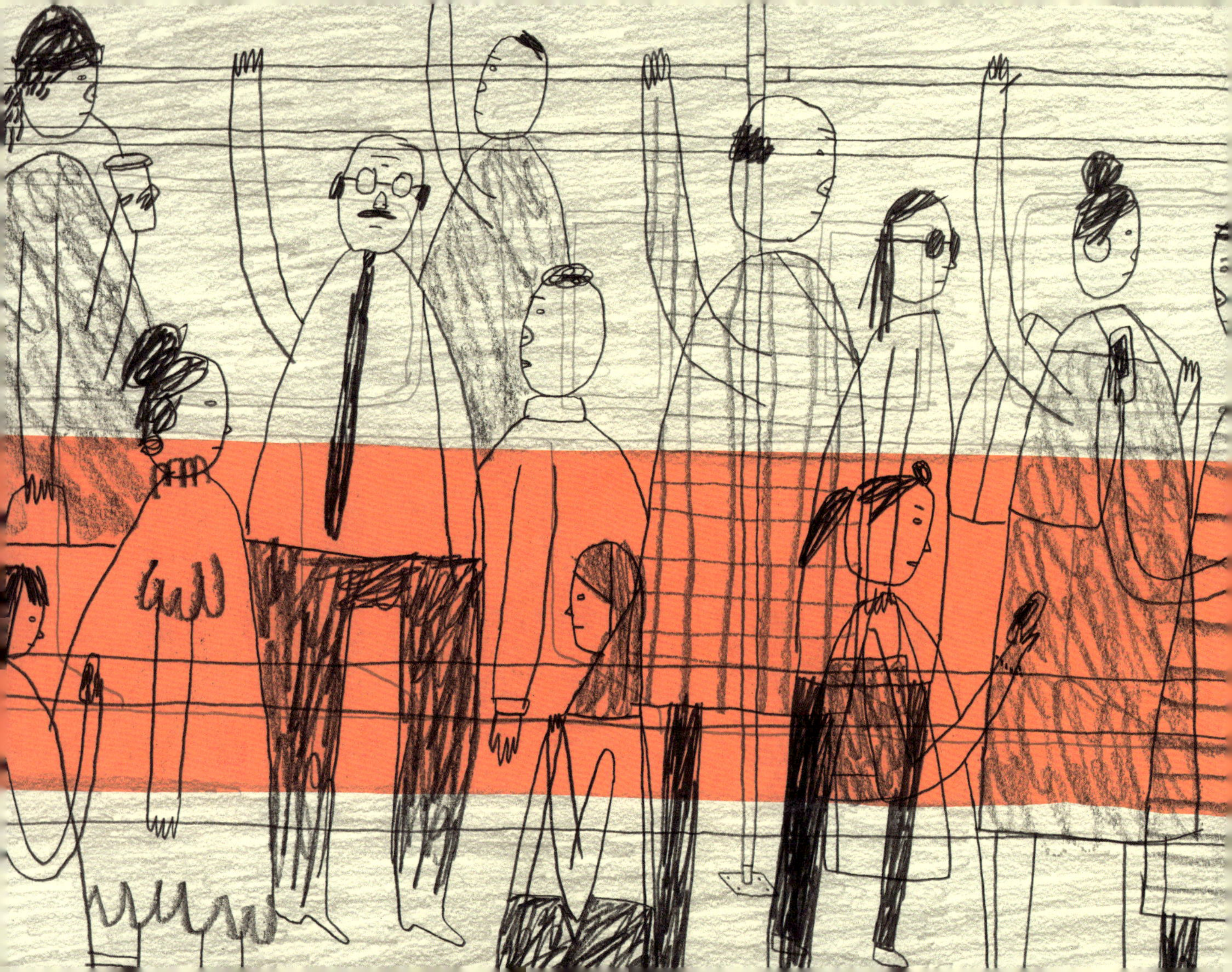

晚安

FEBRUARY 二月

二月二日

睡不着.

一直在想关于时间的事. 我现在有这么多时间. 可我习惯的是时间的

终结, 而不是开始. 也许应该写日记了. 要不先列个清单吧——这个

我喜欢——以前单子上通常只有人名, 但这次或许应该把我想做的事

情列出来……

到真命天女　吃冰淇淋　闲坐山头　帮助他人　静听鸟鸣　注册父母网站

参加课程　游遍全国　闲坐海边　放松　游泳　大叫发泄

少堡　爬山　数叶子　公路旅行　在落叶里打滚　摩托车

雪　去约会　见见邻居　大哭　远足　看牛仔表演　玩

看戏　多出门　放慢节奏　钓鱼　反思

到爱好　升级衣柜　办派对　看马戏　跳水坑　收集水晶球　买独赢彩票

爱　去健身房　巴黎　大笑　买艺术品　中一次奖　变装派对

结束　静坐不动　去购物　公牛　游览鬼城　喝一杯或者

写一首诗　参加保龄球联赛　睡懒觉　观赏日出　升级手机　吃早午餐

唤醒死人　睡觉　漫步溪中　雨中漫步　坐过山车　读报

看电影　泡澡　优哉游哉　读书　咨询旅行社

找到平衡　盯着一个东西看，想看多久看多久　邂逅艳遇

和鲨鱼游泳　在雨中撒欢　学会放手　美甲　坐地铁

堆雪人　尝试吸烟（反正我不会死）　在院子里干活　野营

观光　玩雪　记录我的旅行　按摩　打卡科切拉音乐节

微笑　散散步 聊聊天　去游乐会　更新社交网络状态

旅行　欧洲游　观赏日落　滑翔伞　买新毛巾

跳舞　看样板房　和海豚戏水　写作　刻南瓜

组船　体验酒吧"欢乐时光"　高空跳伞　上冲浪课　尝试动感单车　鸟　庆祝

买西装　漫步草地　拜访阿米什人　学打碟　装修房子　游览博物馆

二月三日

我，人狠话不多——本来也没什么好说的，不是吗？"跟我走。""不，

不能带狗……"翻来覆去就这么几句。但日记可以帮我收集所有的思

绪——以后就可以跳进回忆的海洋尽情畅游啦。

那么，开始吧——

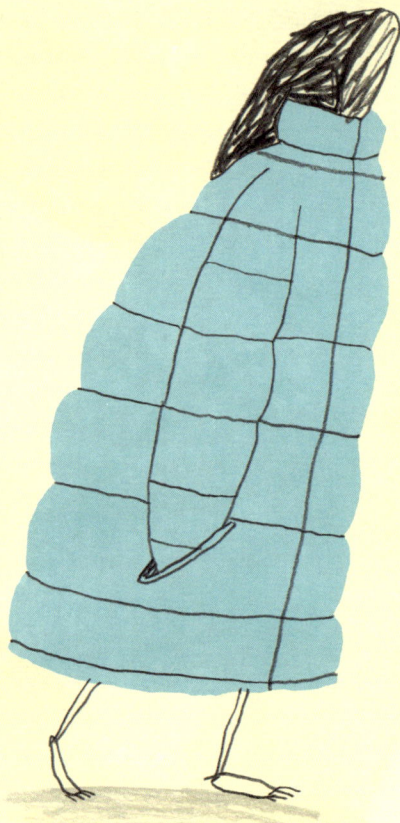

二月五日

衣柜升级完成.

社交可太难了。先从练习我的对话噪开始吧……

"你觉得从这里摔下去有多高？"

二月十九日

今天问了问办公室的情况——习惯的力量。数字有所下降，但新人会

上手的。似乎没有我也一切正常。

二月二十一日

上网飞，（N）刷动物纪录片。

三月

MARCH

嘉年华！

如果你没去过，一定要去一次。人群、游戏、游乐设施，还有甜甜圈——

简直赞爆。像一千个甜蜜的笑容，同时在灯光下旋转和尖叫。

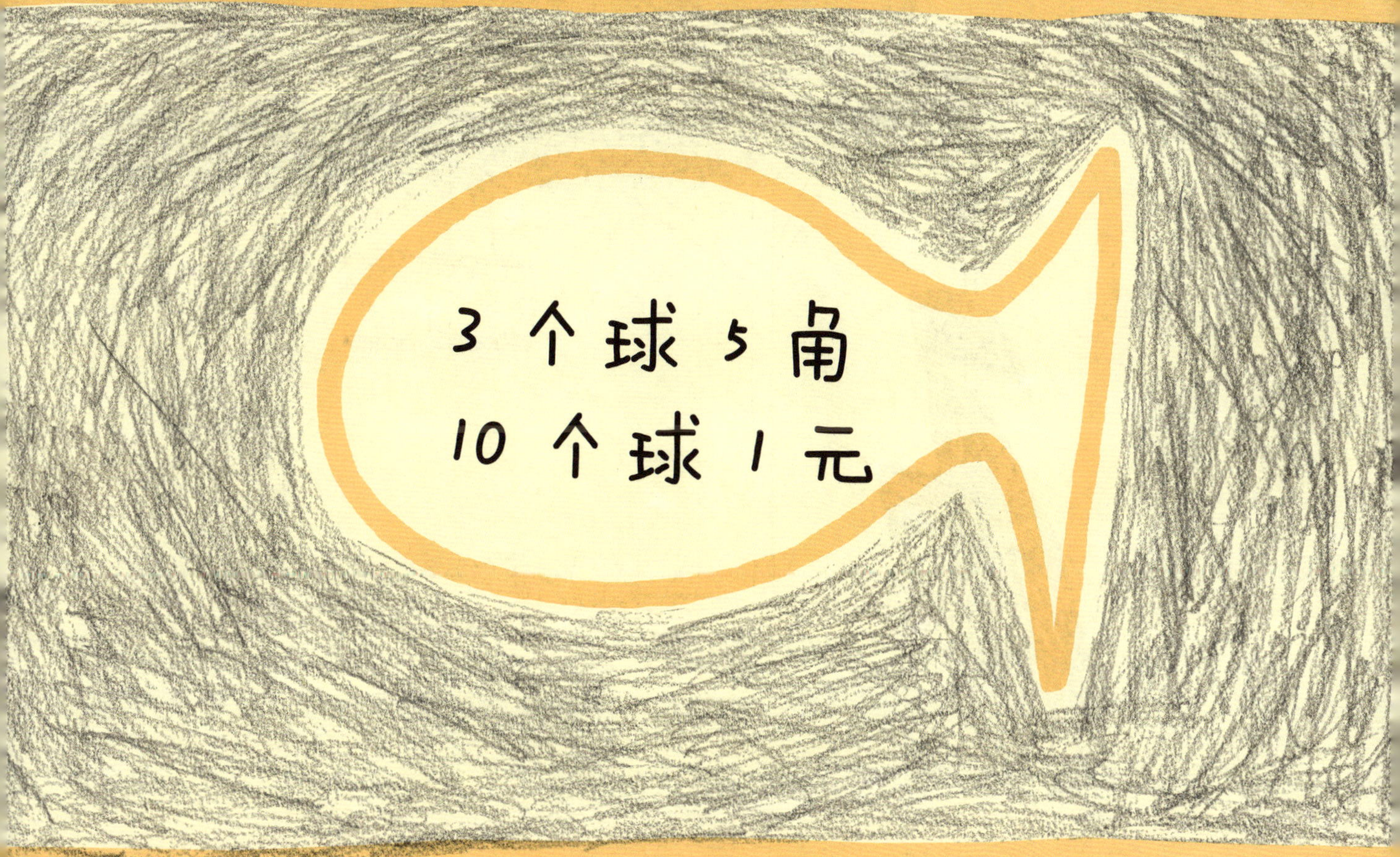
3 个球 5 角
10 个球 1 元

我！居然！赢了！

好想给他一个爱的抱抱啊……算了，

还是给他吃点我的玉米热狗吧。

（你好哇小可爱！）

超棒的一天。

APRIL 四月

四 月 二 日

春天来啦！

当了这么久的单身狗，我意识到自己有多孤独。也许是时候提升一下

自我了……

四月十日

注册了交友网站——本来不想的，但邻居简劝我试试．行……吧！

瞬间配对成功——匹配度93%．

你好呀～～～～死神太太！

一次真正的约会——苍天啊！吓死朕了……怎么会这样？我明明见

多识广、阅人无数，也觉得自己善于倾听，或许偶尔暗黑了一点……

但还是很可爱的嘛，对吧？

四月十七日

爱情走得太快，就像龙卷风……

四月十八日

约会不像我想象。心碎。只能(再)去地下城酒廊喝几杯。遇见一对夫妇,

人挺好,对我很同情。他们问我:"想不想离开这里,跟我们回去?"

这通常是我的台词。

但我对"三人行"的理解，显然错到家了……

我想，我的约会生涯，要暂告一段落了。

五月

MAY

风让树开口说话，但你得侧耳聆听。

不工作的日子给了我一些时间和空间，去思考我想要的生活。我有什么技能？我真的快乐吗？我头一次意识到，也许我真心想做的事情，是开一家励志海报公司。

小蚂蚁！

小家伙们……应该休假的是它们 :)

五月十三日

我开始收集水晶球啦。都是些神奇的小小回忆，但我不

知道制作它们的人是不是也这么想。

五月二十二日

沙漠变成了花海。我去的时候，正赶上花开得最好的时节。四仰八叉地躺在五

颜六色的田野里，感受着它的震颤——那是生命的嗡鸣——蜜蜂正在拼命干活。

有点内疚——也许我也该回去上班了？

我从未学会何时划船。何时歇桨，但也许躺在那片田野里，是一个不错的开始。

虞美人花！

在海滩上待了一整天．思考人生．

六月十九日

散散步，聊聊天。

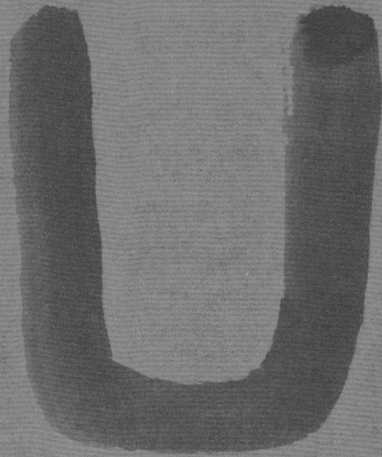

七月

七月二日

订了一堆单程机票！我要把旅行轨迹连成一条长长的曲线，布满全球。

七月十一日

今晚和每个人都玩得很开心，除了安妮塔。她也太好胜了吧。

"猜对了！"安妮塔

呵呵

七月二十三日

尝试了滑翔伞——根本就是坐着嘛，不过是在一张很寂寞（风也很大）的高脚椅上。

我想，是时候体验一下更热闹的活动了⋯⋯公路旅行！

八月四日

遇到了约翰和塞缪尔——两个了不起的家伙。我们交换了一些小窍门，关于工具

和各自的技术。佩服佩服。

八月八日

广告牌写着：前方3公里——"鬼城"。于是我过去打了个卡。我一眼就认出了

那个地方（以前在那里有业务）。

门票10元？为什么去一个什么也没有的小镇还要花钱？售票员女士说，这是为了

支付维护费用。我说，那看来你们维护得也不怎么样嘛。她觉得这话很好笑，就

让我免费进去了。原来微笑这么值钱。

八月十四日

看了牛仔竞技表演。有无数的动作、掌声和大帽子。棒呆！

就在我们唱国歌的时候，有个男人背着美国国旗降落伞，从天而降。眼看着他就快要降落到赛场上了，人们欢呼起来，但他又不知怎么偏离了方向，最后落到了看台外面的停车场旁边。

气氛陡转。人们嘘声一片，笑了起来。

八月二十一日　　　　　　　　　偶遇老同事.

八月二十八日

今晚，我陷入了沉思。我突然意识到，现在剩下的假期已经比用掉的要少了。或

许，我应该试着用剩下的时间做一些更有意义的事情……我的确已经做了很多事

情，也遇见了不少有意思的人，但我学到了什么呢？而且更重要的是，我成长了吗？

SEP
TEM
BER

九月

九月七日

"生命在于学习。一停下，便死亡。"汤姆·克兰西①如是说。反正网上是这么写的。

他是《猎杀红色十月号》的作者（这本书被改编成了电影，主演是肖恩·康纳利和

年轻时的亚历克·鲍德温）。阿尔伯特·爱因斯坦也说过类似的话，只不过极端程度

稍好一点：

"你一旦停止学习，便会开始死去。"

当然，他被认为是有史以来最聪明的人。但这两个人现在都死了。这就意味着，学

---

① 汤姆·克兰西（1947—2013），美国畅销小说作家，擅长写作以冷战时期为背景的政治、军事科技及间谍故事。代表作有《猎杀红色十月号》《惊天核网》《细胞分裂》等。

习已经不再是他们的优先考虑事项了——但却是我的.

因此，我决定入读一所地方大学. 迎新活动下周开始.

见了室友——我俩没怎么说话，不过他们家人挺好的。

青年

新朋友！

"警察！"派对结束了——我从后窗溜了出去……

在灌木丛里醒来．

退学了。

我可以应付学业，但我的肝绝对架不住这么"享受人生"。

十
月

OCTOBER

保质期……保质期……哦，在这儿——可怜的牛奶，总是知道自己哪天一定

得离开这个世界。

十月十日

死神谷国家公园

回以前住的地方看了看。已经不是老样子了。全变了——人山人海，街道都铺过了，

还多了无线网络……

十月十五日

有时候独处是最棒的。意味着你可以独享所有的棉花糖。爽。

十月二十日

去看了红木林——甚至比我想象得还要大！有一棵树正中间有个超大的树洞。导游说，

它正在"慢慢死去"——于是，等大家都过去之后，我走进了树洞。所有的声音都消失了。

我觉得自己变得小小的，很暖和。

它根本就不是在死去，而只是慢慢地活着。

十月二十九日

参加了变装大赛，表现不俗（第三名）！我赌"气球女孩"会赢，但观众们都力

挺"惹火消防员"。

"亮出你的水管子！亮出你的水管子！"

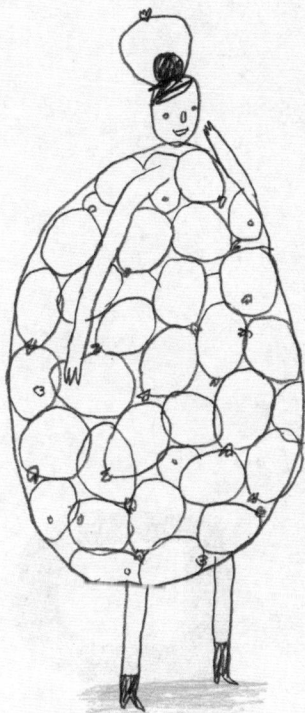

NOVEMBER

十 一 月 一 日

树叶飘落，时光流逝，但我依然是老样子．也许该在家里找点事情做做（记得把

毛衣从壁橱里拿出来）．

"所有的单身女士

所有的单身女士

所有的单身女士"①

---

① 碧昂丝 2008 年 *Single Ladies (Put a Ring on It)* 一曲中的歌词。

解锁绘画技能.

我将这幅命名为《盒中的雨与石之战》。

而这幅是我最新的作品———《发抖的斑点狗》。

（也是我的最爱）

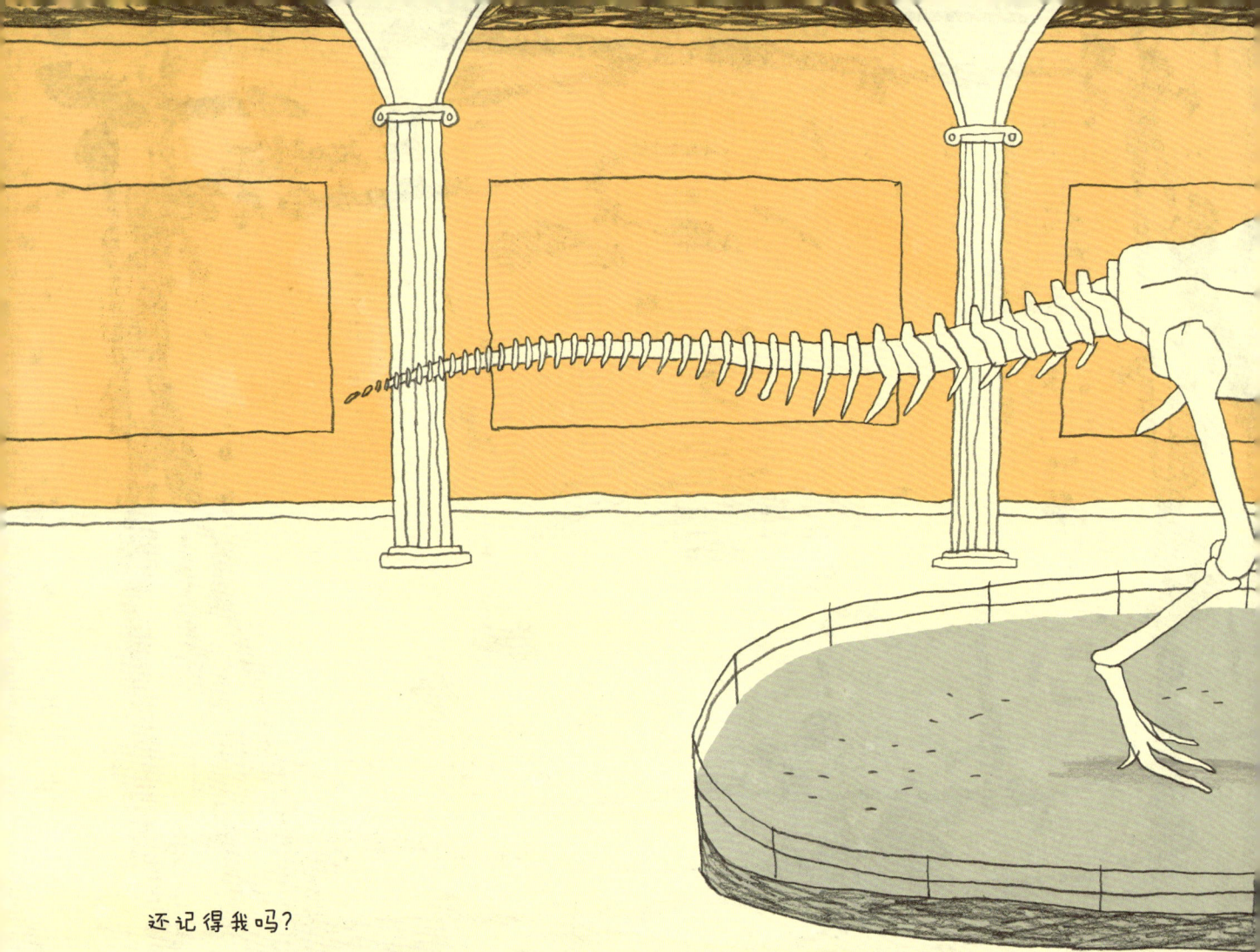

还记得我吗？

DECEMBER 十二月

今天我去山脊上散步了——只有我和风，还有

脚下吱嘎作响的雪。再无其他。

十二月十四日

我有时会在节日里感到孤单……

不过送个礼物就好起来啦。

十二月二十日

休了这么长时间的假，我对于回去上班有些紧张。

昨晚我做了个梦：我回到了办公室，却已经不会干活儿了。

某某办公室

生计大厦

回来上班啦.   十二月二十三日

见到各位同事，真是既紧张，又兴奋，也许休假改变了我，也会改变大家看待我的眼光.

又或许，我只是看起来肤色健康，气色棒棒. :)

但我的感觉的确不同了——不是外表成熟了，而是内心起了变化——就像吞下了一个闪

闪发光的好东西. 不管那是什么，我想它都会慢慢发生作用. 很开心我写了日记（还

顺道交了几个朋友）.

到目前为止，我这一生都是在为别人奔忙——主要是送行。我能怎么办呢，这就是我的

工作——这就是我。但如果说过去一年我学到了什么大道理，那就是：与他人共度美好

时光非常重要。还有：微笑很值钱。我学会了接受别人，而不是总想着解决别人（哈哈）。

总之，时光苦短——我得抓紧时间。

好好生活。

讲好属于自己的故事

布莱恩·雷是《死神捞到一条金鱼》的作者。但他还有一个更为人熟知的角色：《纽约时报》"现代爱情"专栏官方插画师。这两者之间有一个共通点：都是在用画讲故事。他曾不止一次地在访谈中提到，绘画和讲故事是他最喜欢的两件事情。小时候是这样，直到今天，依然如此。

在译完这本书之后，很长一段时间里，我都会在脑中反复播放同一个画面——参天的红木林中，死神耐心等所有游客散去，独自步入了巨大的树洞里："所有的声音都消失了。我觉得自己变得小小的，很暖和。"有时，我甚至觉得，自己也在那个树洞里，和一袭黑衣的生命收割者心照不宣，静对无言。

在我看来，好的故事并不全是长篇。也许就是因为这样，所以雷在帮死神拟定假期待办事项清单的时候，全无野心要成就伟业，反而着力于细碎的惊喜与体验。"闲坐山头"？"在雨中撒欢"？这都是些什么"了不起"的任务啊？！但先别急着嘲笑我们的幼稚鬼主人公，请你闭上眼睛想一想，自己上一次这么做，并由衷地露出笑容，是什么时候？

而好故事传递的思想，也从不是单一的。表面上看来，作者只不过是在劝人学会休息：要张弛有度、劳逸结合，不要等收到人力资源部的强制休假通知时，才明白自己的人生还有另外一种可能。但一百个人，总会看出彩虹里的一百种颜色。死神把嘉年华上赢来的小金鱼视若珍宝，他需要陪伴，也需要友情。但他也保留并享受着独处的时间，在秋夜里一个人生火露营，慢慢吃掉所有的烤棉花糖。虽然心存恐惧，但对于爱情也不是没有渴望。虽然很想放松，但对于提升自我也不是没有要求。尽管逢年过节偶尔会觉得孤单，但给心爱的小金鱼送一个可爱的骷髅，一切就都好了起来……这其中所有的看似矛盾，实则都是你我每天在上演的人生。

好故事蕴含的情感，更是五彩斑斓。这并不是一本每页都令人发噱的作品，有的画面，甚至会令你无限伤感。"保质期……哦，在这儿——可怜的牛奶，总是知道自己哪天一定得离开这个世界。"超市里的死神心想。但下一秒，他就已经甩开这小小的黯然神伤，走在了前往下一个目的地的路上。人不能永远踯躅于一种情感，否则难免会有遗憾。毕竟，休假归来的死神，正在前方某处，等着和你不见不散呢。

对于这样一本画面已足够有吸引力的作品而言，任何翻译，都恐难圆满。但这并不影响我与尚不识字的孩子共读此书，在会心处看着彼此的眼睛，笑作一团。也许，最好的故事，根本无需用语言讲述。而这，也是本书最迷人的地方之一。

在一则访谈的结尾处，布莱恩·雷表示，他惊讶地发现，自己如今的作品，依然处处闪现出童年时创作的影子。"兜兜转转，最终你还是会回到原点，回归自己最真实的状态。"看着书中孩子般捧着鱼缸雀跃的死神，看着本该暗黑的他浴缸边的橡皮小鸭，我相信了雷的话。

　　"你们得讲好属于自己的故事，因为那些故事才是最引人入胜的。"雷说，他总是这样告诉那些跟随他学习艺术的学生。而我们，又何尝不是在一天天、一点点书写着自己的人生故事？愿你喜欢自己的故事，也有人分享。哦，还有，别忘了找个时间在落叶中打滚，收获死神同款快乐。

WAKE UP EARLY — Find myself — BIRD WATCHING — Learn karate — HAM RADIO — LEARN TO DJ — NEW FRIENDS — BING

PAINT — GET TAKE-OUT — MAKE A SAND CASTLE — Host dinner party — BREW SOME BEE

chop wood — CLEAN OUT GARAGE — LOOK OUT THE WINDOW — Stand up paddle board lesson — CHECK OUT COMIC-CON — TAKE TAXIS — RAVE — Decorate — OPEN ACCOUNT — TRY

LEARN A MUSICAL INSTRUMENT — NEW SHOES — IMPROVE COMMUNICATION SKILLS — GET SOME HIGH THREAD COUNT SHEETS

KARAOKE — MAKE CAKE — Listen to K-POP — TACOS — RIDE BIKES — Los Angeles — BUY A PLUSH ROB

Board games — TAKE A TRAIN TRIP — WRITE MEMOIRS YES — WATCH SOME ROM-COMS — make an effort

Eat really good — SHOP FOR NEW COFFEE TABLE — Stay up late — JOKES — BUY NEW SUCCULENT — MAKE A LIST — MEET WITH HA HA

visit far away places — CROSSFIT — Test drive electric cars — Avoid the news — LEARN

CELEBRATE DAY OF THE DEAD — Hover board — GET IN THE FLOW — SHOP FOR HOUSE WARES — WATCH ROM-COMS — Karaoke

VISIT MONUMENTS — not too much — ENTER COSTUME CONTEST — Life drawing classes — CLEAN OUT GARAGE — LEARN

check in with work but — BEACH — DARTS — LEARN DANCE MOVES — COUNT STARS — TRY BOBA — PUT MY FEET UP — YACHTIN

FEELINGS — Visit tree arboretum — GO TO THE ZOO — DONATE TO MANATEE CHARITY — SKINNY DIPPING — LET MY HOOD DOWN — Read trashy novel

go to ball game — DRINKING GAMES — TRY A HAMBURGER — Take photo class — CARDS WITH THE BOYS — OUTLET SHOPPING — TRY ON

LISTEN MORE — ORIGAMI — PIES — BUY SOME NEW THROW PILLOW — BACK PACK — SHOTGUN A BEER — DECORATE HOUSE

VISIT DEATH VALLEY — RESPOND TO OLD EMAILS — TATTOOS — WINE 0:CLOCK — CHILL-LAX — ORGANIZE CLOSETS — ENJOY HO — BUY SCENTED CANDLE

MAKE S'MORES — SWIM — SHOOT HOOPS — Work on a nickname — HAVE FUN — RENT BEACH HOUSE — Shuffle boarding — LOOK HOT :)

MASSAGE — GO TO A ROCK CONCERT — COOK — GET NE

Check out planetarium — TURN IT UP — SCARE PEOPLE FOR FUN — EAT OUT — Smile more

BUY NEW PATIO FURNITURE — Pizza — POOL PARTY — UPDATE SOCIAL MEDIA — PARTYING — GET SOME

CLEAN OUT THE CLOSET — Sketching — CATCH UP WITH SITCOMS — Throw rager — JUST SAY YES — GO-CART IN THE POCKET — GET SOME CANDY — BUY A NEW HAT — SKE

PLAY WITH THE CAT — HOT DOG — HOT PRETZEL IN THE PARK — FEED PIGEONS — STAY IN THE POCKET — Pina Coladas

Get a pet — CHANTING — SPIN CLASS — VISIT GHOST TOWNS — EURO-RAIL